AF314869

JUILLET 1834.

EXTRAIT

D'UNE LETTRE

DE

M. LE Vte D. M. V.

A SON AMI, M. CH. D. L. C.

VERSAILLES,

CHEZ DUFAURE, IMPRIMEUR DE LA PRÉFECTURE.

1834.

EXTRAIT

D'UNE LETTRE

DE M. LE Vte D. M. V.

A SON AMI, M. CH. D. L. C.

Ce n'était point, mon excellent ami, sur des conjectures hasardées que, depuis la révolution de juillet 1830, ma constante sécurité était fondée ; c'était sur la profonde conviction où j'étais que la France était, de tous les états de l'Europe et de l'Amérique, celui qui, après de longues oscillations, avait le mieux résolu le problème du gouvernement représentatif, grâce à l'admirable principe de la libre division de la propriété, principe dont plus loin je développerai les avantages et les conséquences.

Toute société qui n'a plus à combattre les priviléges de la naissance ou de l'autel, dans laquelle l'égalité des droits appartient à tous, et le pouvoir tout entier à la *propriété accessible à tous*, et dont le chef *unique* est héréditaire, n'a plus un seul danger à craindre, et ce fut là notre état dès le 7 août 1830.

Cependant, à cette dernière époque, une phase nouvelle de notre longue révolution se manifesta subitement. Ce fut le surgissement inattendu d'une nombreuse classe d'hommes qui avait été confondue jusqu'alors dans la masse des citoyens, et qui, après sa victoire sur les classes privilégiées, loin de mettre bas les armes, les tourna contre la bourgeoisie qui les avait mises dans ses mains.

L'importance soudaine qu'a acquise cette fraction de la société, a fait naître dans mon esprit un aperçu nouveau que je vais tâcher de vous rendre sensible.

J'ai cru reconnaître qu'une grande cause d'erreurs avait échappé jusqu'ici à nos historiens, comme à nos publicistes, c'est que, de temps immémorial, la société française avait été divisée, *non pas en trois ordres*, comme on l'a dit jusqu'ici, mais bien en *quatre* classes parfaitement distinctes, savoir : l'ordre du clergé, l'ordre de la noblesse, l'ordre de la bourgeoisie ou des propriétaires, et l'ordre des serfs ou prolétaires. Cette division, trop méconnue et qui subsiste encore aujourd'hui, n'a besoin, pour être prouvée, que d'être suivie depuis sa naissance.

Avant l'affranchissement général des communes, ces *quatre* classes (ou ordres) commencèrent déjà à s'établir par les affranchissemens individuels ; mais bientôt ceux-ci devinrent assez nombreux pour former, conjointement avec diverses autres causes bien connues dans l'histoire, la troisième classe, l'ordre de la bourgeoisie.

Ces bourgeois créèrent des villes, obtinrent des chartes, et devinrent, dans nos états-généraux, le *tiers-état* proprement dit.

Mais, à côté de ce tiers-état, *de ces bourgeois*, restait toujours la quatrième classe, celle des serfs, c'est-à-dire des hommes *sans propriété*, et vivant d'un travail payé par un propriétaire, alors leur maître ou seigneur.

Après l'affranchissement général de ces serfs, c'est-à-dire *seulement* après qu'ils eurent cessé d'appartenir à un seul maître, ils continuèrent à vivre toujours de la même manière, c'est-à-dire en *vendant leur travail à autrui*. Ils ne furent plus, il est vrai, serfs à vie et héréditairement attachés à la glèbe, mais ils restèrent toujours, et sont encore (*sous le rapport de leurs moyens d'existence seulement*) *serfs au jour*, au mois, ou à l'année ; et ne pouvant aujourd'hui, comme autrefois, *s'affranchir*, c'est-à-dire cesser de s'engager à travailler pour autrui, que lorsqu'ils ont assez d'argent pour monter au rang des bourgeois, c'est-à-dire au rang des *propriétaires* vivant *librement* de leurs propriétés foncières, industrielles ou commerciales.

Maintenant voici où est l'erreur : c'est que les deux premiers ordres, dans leur profond mépris pour ces affranchis *indistinctement*, ont jeté dans la même classe, et réuni sous le même nom de tiers-état, ces deux fractions si distinctes, et ils ont englobé, sous la même dénomination, la classe des bourgeois propriétaires (à quelque titre que ce soit) et celle des serfs, toujours serfs de fait, s'ils ne l'étaient plus de droit.

Nous sommes arrivés jusqu'à la révolution de 1789 avec cette confusion, et trompés par cette fausse appellation.

Cependant ces bourgeois, véritable tiers-état, s'étaient successivement accrus en nombre, richesse, lumière et force; ils voulurent secouer le joug, et punir les mépris des deux ci-devant premiers ordres. Cette lutte, dès long-temps préparée, s'engagea définitivement à la fin du dix-huitième siècle, et c'est alors qu'on put, pour la première fois, distinguer parfaitement ces deux classes si improprement confondues sous le nom commun de tiers-état.

La troisième classe, la bourgeoisie, arma et mit en campagne sa redoutable armée, la quatrième classe; elle s'en servit avec succès pour effrayer et combattre d'abord les deux premiers ordres ; mais la résistance de ceux-ci, aidée par toutes les aristocraties européennes, fut tellement longue et forte, que la quatrième classe, toujours combattant, eut le temps, la force et la *nécessité peut-être* de se porter à tous les excès qui pouvaient lui donner la victoire, et elle en rendit victime cette troisième classe elle-même.

On n'a que trop éprouvé, dans ces temps de déplorable mémoire, ce que voulait et pouvait cette quatrième classe, lorsqu'on avait été forcé de la livrer à toute sa fureur, sans se conserver les moyens de l'arrêter. Ses lois étaient de sang, ses actes l'échafaud, et c'est à elle seule qu'appartiennent tous les crimes de la terreur, dont la troisième classe, le véritable tiers-état, devint la victime tout autant que les deux premiers ordres.

Il a fallu un Napoléon et le despotime militaire pour arracher leurs armes à ceux qui en faisaient un si terrible usage.

Cependant les deux premiers ordres, sentant que tout était perdu pour eux, et qu'ils n'avaient plus qu'une unique ressource, celle de profiter des dernières années du règne d'un vieillard livré à tous les préjugés et à toutes les superstitions, avaient osé renouveler encore une fois le combat : cette folle attaque a forcé, en 1830, le tiers-état à réarmer encore la quatrième classe pour se défendre; mais la résistance des assaillans a été, cette fois, si misérable, et la lutte si courte, que le tiers-état, vainqueur en trois jours, et trop bien instruit par l'exemple de 1793, a, sans perdre un moment, malgré les efforts des dignes successeurs des Marat et des Robespierre, et au milieu d'émeutes perpétuelles, arrêté les bouleversemens et les crimes, dont menaçaient les fureurs de la quatrième classe. La profonde habileté du Roi et la tendance universelle au repos ont mis fin à toutes ces tentatives de désordre.

Ce n'est pas toutefois que le combat que nous venons de voir se renouveler entre les bourgeois et les prolétaires, après les trois journées de 1830, et la victoire qui s'en est ensuivie, aient tranché pour toujours la question. Cette lutte est sans terme, et durera avec plus ou moins de violence autant que la société même, puisqu'il y aura constamment, à côté de l'unique et véritable aristocratie de la propriété, cette seconde masse à qui l'ignorance, la paresse, la misère, donneront, comme par le passé, la haine de toutes supériorités, et l'aptitude à toutes les séductions et à tous les vices; et il ne manquera pas d'agitateurs et d'ambitieux pour l'égarer et la soulever; mais leurs efforts seront infructueux, et la troisième classe n'a rien à redouter de ces éternelles et inévitables tentatives de la quatrième classe.

Et voici pourquoi, c'est

1.° Que la classe des propriétaires est de vingt-deux millions d'individus, et celle des prolétaires de dix millions seulement ;

2.° Que dans les dix millions de prolétaires plus de moitié aspirent ou touchent toujours au moment d'être propriétaires, et l'espoir leur en donne l'esprit, esprit éminemment conservateur, quelque minime que soit la parcelle possédée ;

3.° Parce que, défalcation faite des femmes, vieillards et enfans, le peu qui reste au service de nos modernes Catilina n'a ni lumières, ni armes, ni moyen de subsistance sans travail ; ils peuvent tenir la campagne, ou même vaincre pendant trois jours, mais, le quatrième, il faut qu'ils reviennent demander du travail pour avoir du pain.

Ainsi, l'aristocratie de la propriété est pour toujours véritablement et exclusivement la nation tout entière, le vrai et unique peuple souverain (1).

(1) L'abus des mots et leurs fausses interprêtations, sont une des grandes causes de nos erreurs et une des armes les plus puissantes des factieux.

Tout le monde, par exemple, emploie ce mot *le peuple* sans le définir, et chacun l'interprète suivant sa passion ou son intérêt.

Dans son acception véritable le mot *peuple* est synonime du mot *nation*, ont dit également le peuple français ou la nation française, et dans ce sens, on a raison de dire la souveraineté du peuple ; car alors on veut dire celle de l'ensemble, et non d'une fraction, des citoyens composant la nation. Mais par une déviation du vrai sens de ce mot, on l'applique souvent à la classe infime de la société, et les factieux de tous les temps et

Les deux ci-devant premiers ordres n'étaient qu'une exception dont le temps avait usé la puissance, et dont la raison a fait justice ; et la démagogie prolétaire n'est rien et ne doit ni ne peut avoir dans l'État que l'immense avantage d'être toujours apte à monter au premier rang, c'est-à-dire à la propriété, du moment où son travail et sa conduite lui en ont donné les moyens et le droit.

C'est pour avoir méconnu ce principe et ne s'être pas tenu dans les heureuses limites où la France s'est arrêtée, que les plus grands dangers menacent les États-Unis d'Amérique. Dans leur excès d'enthousiasme pour l'égalité mal entendue, ils ont accordé aux prolétaires, avec le droit de suffrage, la faculté d'aspirer à presque tous les pouvoirs de l'État, et déjà la propriété et les capacités sont détrônées, déjà la quatrième classe arrive à la domination, et cette démagogie constitutionnelle va conduire cette immense population, avant un demi-siècle, par l'anarchie, au despotisme.

Cette aristocratie de la propriété est un élément

de tous les pays, s'emparant de cette fausse interprétation, veulent appliquer aux prolétaires qui composent cette classe, et qu'ils affectent d'appeler exclusivement *le peuple*, tous les intérêts, les droits et les pouvoirs, qui, dans le vrai sens du mot, n'appartiennent qu'à la nation entière, à l'exclusion même de ces prolétaires, qui, tant qu'ils le sont, ne peuvent et ne doivent exercer aucuns droits politiques dans l'ordre social.

social entièrement inconnu jusqu'à nous, et qu'on peut opposer à ceux qui, se fondant sur les opinions des anciens publicistes, regardent toute monarchie comme impossible sans le contre-poids d'une aristocratie de naissance. Il me semble, au contraire, que la société, divisée en deux classes seulement, et dont la plus élevée est toujours accessible à la plus basse, présente au gouvernement monarchique un appui bien plus solide qu'une noblesse sans force réelle dès qu'elle n'a plus celle de l'opinion, et n'est plus qu'un objet de haine ou de mépris.

J'ai dit que cet élément social avait été inconnu jusqu'à nous, et, en effet, on ne le trouve chez aucun peuple ancien ou moderne. La propriété n'a été que l'apanage presque exclusif des patriciens dans les républiques anciennes ; puis, après les conquêtes des Germains, celui des vainqueurs sous les lois de la féodalité : toutes les institutions tendaient à l'agglomération forcée de la propriété dans les mêmes mains, ou à sa conservation dans les mêmes familles. La main morte, les substitutions, les droits d'aînesse, etc., etc., entravaient de toutes parts ce qui devait être le plus libre au monde... Mais aujourd'hui (et jusqu'ici, en France seulement, dans l'Europe), la propriété a pris enfin son véritable caractère, elle est accessible à tous, se partage également, s'agglomère ou se divise suivant les besoins, aucune loi ne l'enchaîne, et seule elle donne les intérêts et les droits.

Cette condition nouvelle de la société, ou plutôt, j'ose le dire, ce chef-d'œuvre social que la force des choses et l'esprit du siècle ont enfin amené en France, me paraît (même avant la sanction du temps et de l'expérience) un élément *immuable* d'ordre et de prospérité, et jusqu'ici, je l'avoue, cette conviction qui me pénètre n'a point trouvé de contradicteurs raisonnables.

Une seconde considération plus puissante encore peut-être, confirme ma profonde et absolue sécurité pour l'avenir. C'est qu'une révolution, proprement dite, c'est-à-dire un renversement total de l'ordre social établi, ne peut avoir lieu si elle n'est pas le résultat d'un intérêt national aussi grand que général, et si, à quelques faibles exceptions près, toutes les classes et tous les individus ne l'appellent et ne l'invoquent.

Il faut en effet que le besoin que la nation en éprouve soit aussi pressant, qu'universellement senti, pour que la société tout entière se décide à sortir de son état d'ordre et de repos, et à suspendre, ou même exposer tous ses intérêts, pour se lancer dans des hasards dont l'instinct de sa conservation lui fait pressentir tous les dangers.

Ce ne sera donc jamais pour les intérêts ou au

gré des passions de quelques fractions de la société, ce ne sera jamais pour des utopies impraticables, pour des rêveries métaphysiques, pour de la politique de sentiment, ou enfin pour toute autre cause partielle qu'une nation entière se levera en masse, et fera une révolution.

Des ambitieux ou des fanatiques pourront bien être assez aveugles pour l'espérer, et assez criminels pour le tenter, ils pourront bien dans quelques localités tramer d'inutiles complots, ou essayer d'impuissantes émeutes, les intérêts des masses, et les volontés nationales leur seront constamment contraires, et leurs efforts n'amèneront que des malheurs particuliers sans effet général contre l'ordre social.

Ce n'est donc que lorsque la masse totale (sauf des fractions imperceptibles) est unie par un intérêt immense et général, et lorsqu'elle est en outre exaspérée par de longues résistances, ou par des attaques sans cesse répétées, qu'elle se résout enfin à faire une révolution... Elle ne conspire pas alors, elle se lève tout entière ; tous les citoyens n'ayant qu'une même pensée, qu'un même intérêt, qu'un même besoin, le moindre événement, la moindre circonstance donne le signal, et la révolution s'accomplit, quels que soient les obstacles qu'on essaye de lui opposer.

Les exemples ne nous manqueraient point pour prouver ces vérités, et sans remonter plus haut que notre histoire contemporaine, en 1789, la conquête de *l'égalité des droits* et de *la liberté de la propriété*, était depuis long-temps l'immense intérêt de tous, et le vœu de la nation tout entière; la révolution a été universelle, et n'est devenue terrible que par les résistances qu'elle a éprouvées.

En 1830 les mêmes intérêts ont été encore inquiétés par les mêmes ennemis, et la masse entière de la nation a refait encore une révolution, bien moins longue, il est vrai, et bien moins terrible que la première, par suite du peu de résistance qu'elle a éprouvée.

Aujourd'hui quels intérêts pourraient faire sortir la nation du calme dont elle jouit? Quels ennemis a-t-elle à combattre, si ce n'est ceux de son repos? Qu'elles conquêtes a-t-elle à faire, si ce ne sont celles des arts et de l'industrie? Elle a obtenu tout ce qu'elle voulait, et il n'existe plus pour elle une seule cause de révolution, *elle a fini*..... Et elle est aujourd'hui la seule qui soit arrivée à un état de repos *inaltérable*, parce qu'elle est la seule dont les institutions soient fondées sur les intérêts et la volonté de tous les citoyens composant le vrai peuple souverain précédemment défini.

Voilà, cher ami, les motifs de cette profonde

sécurité où vous m'avez vu depuis le jour de la cessation de notre court inter-règne. Elle n'a pas même alors été troublée par le dévergondage des amendemens improvisés à la charte, c'est-à-dire par les sacrifices qu'on a crû dans le premier moment devoir faire aux chefs factieux de la quatrième classe, pour la désarmer plus tôt et plus aisément, sacrifices qui étaient tellement contraires à l'ordre social, qu'à peine quatre années se sont écoulées, et que déjà la véritable nation les repousse.

En effet, on nous a prodigué autant de prétendues libertés qu'on a ôté de garanties à la tranquillité publique. On nous a donné de la liberté de la presse de manière à annihiler son influence par l'abus qu'on en a fait ; on nous a infligé des élections, jusqu'à en fatiguer et dégoûter les citoyens ; on nous a accordé de l'impunité pour le crime, au point de laisser la société sans défense ; on a ôté à la Chambre haute la seule garantie de son indépendance ; on a léziné sur les salaires publics de manière à commander et justifier la corruption ; enfin, on a désarmé le pouvoir au-delà de toute raison ;.... mais il n'importe ; toute cette rancune contre l'autorité vaincue, cette exagération des fruits de la victoire, et ces bouillonnemens de démagogie, me parurent dès-lors sans danger : l'intérêt général de la société y a déjà opposé sa force d'inertie, et saura bien achever d'y porter les remèdes nécessaires.

Partagez donc, cher ami, mon heureuse confiance dans notre avenir ; je crois vous avoir suffisamment démontré que les motifs sur lesquels je la fonde sont sans réplique.

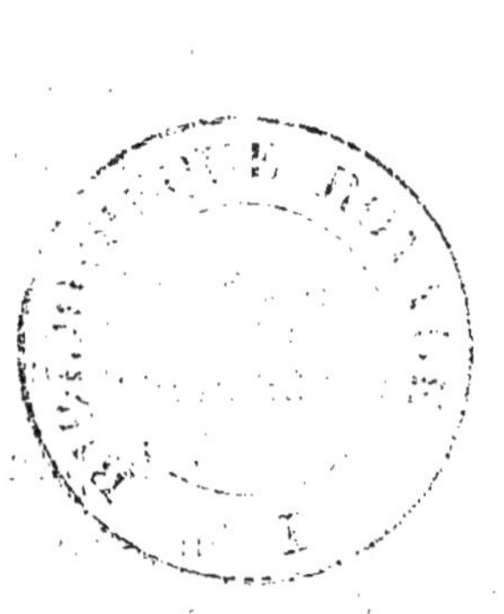

IMPRIMERIE DE DUFAURE,
rue de la Paroisse, n.° 21, à Versailles.